Sonnenstrahl

Brigitte Blobinski

1. Auflage 2007

Alle Rechte vorbehalten
Copyright © Bernardus-Verlag
in der Verlagsgruppe Mainz, Aachen

Lyrik:
Brigitte Bloyinski

Illustration und Gestaltung, Titelbild:
Ansgar Bloyinski

Büro:
Abtei Mariawald
52396 Heimbach/Eifel
Tel. u. Fax: 02446/950615

Zentrale:
Verlagshaus Mainz
Süsterfeldstr. 83
52072 Aachen
Tel.: 0241/873434
Fax: 0241/875577

Internet: http://www.verlag-mainz.de
E-Mail : bernardus@verlag-mainz.de

Druck: Druck- & Verlagshaus Mainz GmbH, Aachen

ISBN 3-8107-9272-1

Sonnenstrahl

Brigitte Bloyinski

Sonnenstrahl

Wenn ein Sonnenstrahl
dich trifft
erhebe dich
stell dich mitten in ihn hinein
lass ihn leuchten
bis in deine Seele
atme ihn genüsslich
durch alle Poren
trink ihn
mit all deinen Sinnen
nimm ihn tief in dich auf
und
–

gib ihn weiter

Neues Leben

Wie ein *Wunder*
liegt es
in meinen Armen
das neugeborene Kind

Seine Augen
noch geschlossen
seinen Mund
umspielt
ein Lächeln

Was es wohl
in diesem Augenblick
denkt?

Seine Händchen
so winzig
neben
meiner großen Hand

Ich kann nicht aufhören
es zu betrachten
und zu staunen über
diesen vollkommenen
einzigartigen
kleinen
Menschen

Elternführerschein

Nützlich

zu erwerben
zum Zeitpunkt
der Geburtsvorbereitung
aufs erste Kind

Dienlich

konkreter Auslegung
freiheitlich-demokratischer Grundrechte
des werdenden Menschen

Erweiterbar

durch aktuelle Themen
in Kindergarten
Grund- und weiterführender Schule

Jedenfalls
für eine sinnvolle Erziehung
zum mündigen Bürger
wertvoller

als der Führerschein
für ein neues Auto

Liebe

Unfassbar
Sie ist einfach da –
Die Liebe zweier Menschen
Ein unsichtbares Band

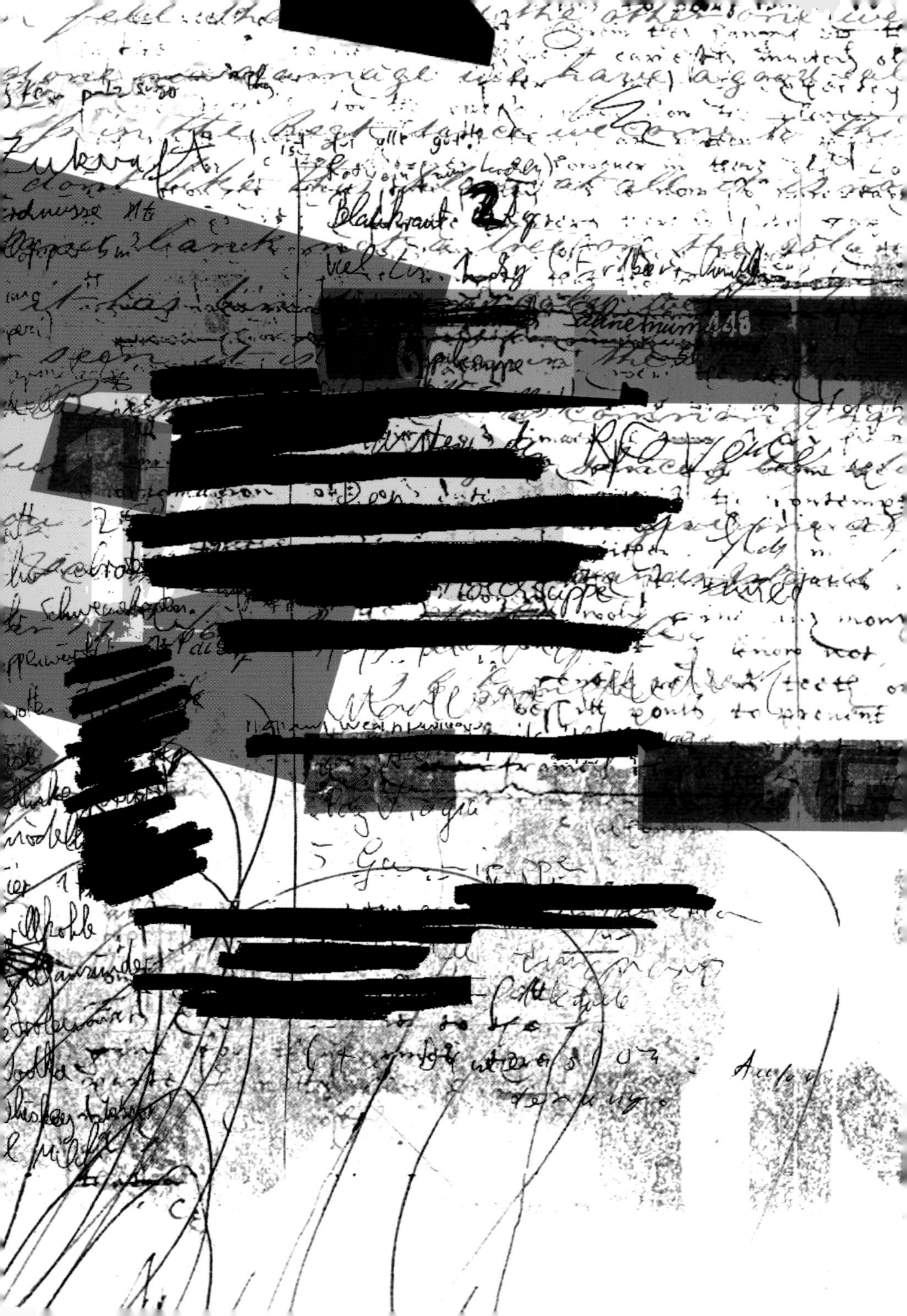

Hutgedicht

Ich kriege nicht
alles
unter einen Hut!

Was
und wieviel
von allem
wähle ich?

Als Fundament
nur das
Wesentliche –
und wenig nebenher!

Dann kann ich mich
ohne großartigen Stress
und
ohne schlechtes Gewissen

in Pausen entspannen

–

wenn
ich
wirklich
will

Regen

Heißersehnt
heißerfleht:
erster Regen
nach der Dürre
vor dem Monsun

Freude
perlt im Gesicht
auf der Haut
den ausgestreckten Händen
die ihn spüren wollen

Regen als Segen
auf brauner Erde
Sprießen, Wachsen und Gedeihen
aus dunkelsten Ritzen
die Wüste blüht

Kostbares Nass von oben
wirkt jedoch hier
oftmals
niederschlagend
verursachend
Kummer, Schmerz und Depression

Sehnsucht nach Sonne
entspringt
Seele und Natur

Tröstliche Gewissheit:
Irgendwann
nach dem Regen
durchbricht Sonne die Wolken
fegt alle Sorgen vorbei

Sonne und Regen
betrachtet als Quell
bedeuten beide
Leben

Sonnentag

Glücksgefühl
aus meinem Herzen

Dankbarkeit dem
der sie geschenkt

Damokles-Schwert schwebend
Tage voller Angst
Not
Atemanhaltens
das Schlimmste befürchtend

Heute –
die Erlösung
Stein –
fällt wundersam
von meiner Seele

Sonnenstrahl
vom wolkenlosen Himmel

Zweites Leben –
Zweite Chance
Neugeboren

Wage es
noch nicht
zu glauben

Träume

Ausklinken aus der Zeit
Ruhepause vom täglichen Einerlei
träumen bis in die Zukunft
vorüberziehende weiße Wolkenschiffe
aufatmen
schwerelos heiter
sich fallen lassen

Dann wieder
zurück in die Verantwortung
für Partner, Kinder und Beruf
Realität steht schon vor der Tür

Erholung und Träume
wirken unbewusst nach
beeinflussen jeden deiner Tage

doch bevor es zu spät:
lebe deine Träume
inmitten des Alltags!

Leben

Manchmal
ist
Leben eine Lust
Manchmal
ist
Leben eine Last
Oft
liegt es
zwischen Lust und Last

Manchmal
wiegt
Leben leicht
wie ein Ballon
Manchmal
bürdet
es so schwer
wie viel Ballast

Der du mir das Leben gabst
Lass mich
in ihm
auch oft
die ausgleichende Mitte
finden

Tür

Türschwelle vor dir
Herz heftig klopfend
Was dich wohl erwartet?

Wird überhaupt geöffnet?

Und wenn ja,
ist es eine Stimme
die dir ablehnend
gegenübertritt?

Ergeht es dir
wie M und J
vor rund 2000 Jahren
unmittelbar vor
d e r Geburt?

Trotz Türverriegelung heute –
gib die Hoffnung nicht auf,
dass sich öffnet
für dich
eine Herzenstür
–

Wohlige
menschliche
Wärme

nicht nur zur Weihnachtszeit!

Zufallstreff

Wie wohltuend
Wie angenehm
wenn Schicksal
die Wege
nach langen Jahren
wieder kreuzen lässt

in der Fremde
sich gemeinsame
sympathische Erinnerungen
austauschen lassen

ein Stück Heimat
auf mich zukommend
mich beglückt

Tage später kann ich es
noch nicht begreifen
denke wieder und wieder nach
über den Sinn
dieses „Zufalls"

ich frage mich

weshalb
ich ausgerechnet
diesen Menschen
wiedertreffe

warum
grad dieser
meinen Weg gekreuzt

Welche Botschaft
sollt' ich
enträtseln?

Gedankenblitz

Ein anderes Wort
für Glück
heißt Geschick

bedeutet
für mich also
Lenkung
von oben

und diese
wiederum
steuert
den Zufall

AHA!

Zusammen
mit derartigem Wissen
und dem verantwortlichen
freien Willen der Geschöpfe
lässt sich
tagtäglich
eine Menge
Gutes
bewirken

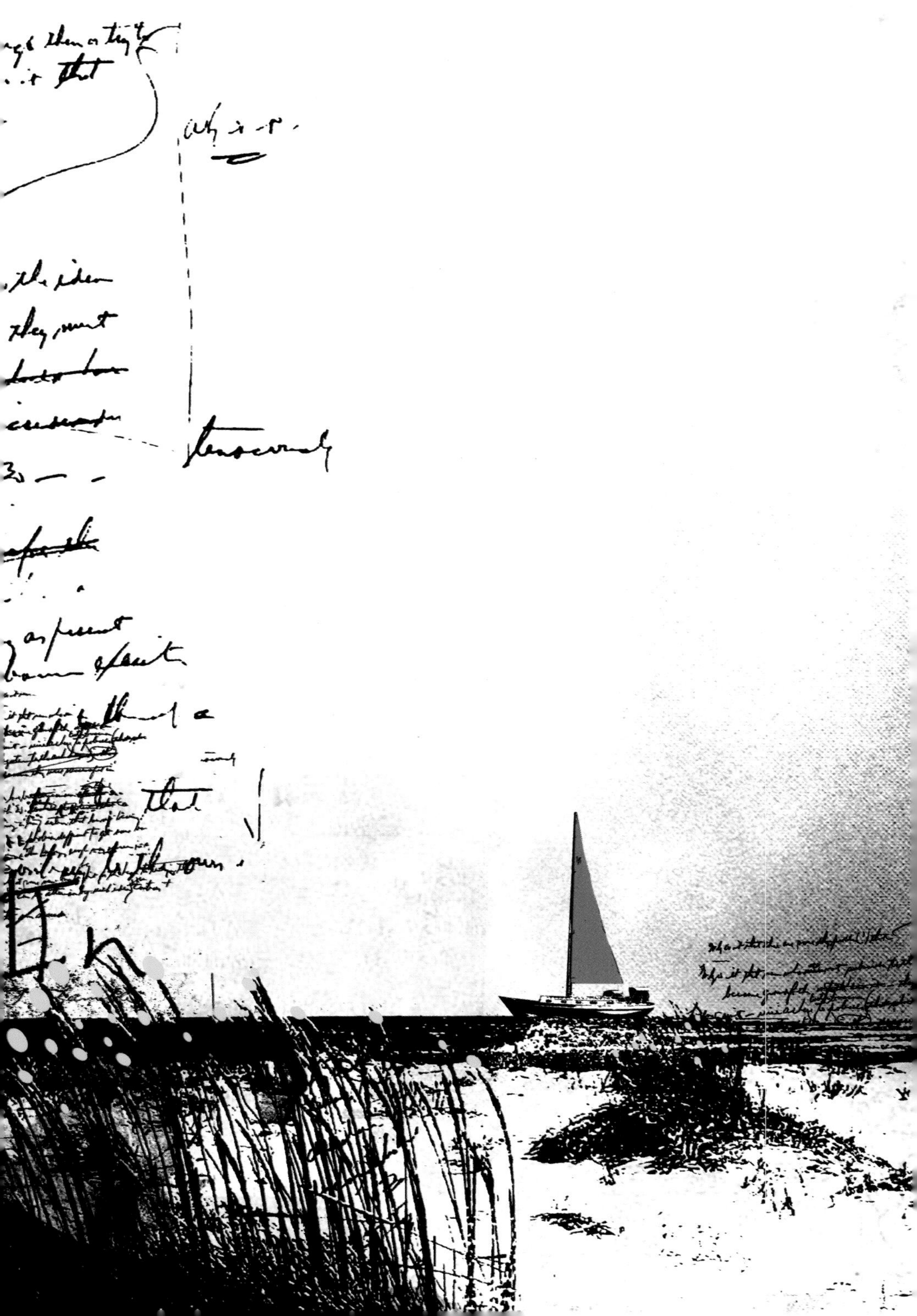

Glück

Haarscharf am Unglück vorbeischrammen
sich lieben in einer Sommernacht
tiefes Einatmen der geschenkten Natur

stilles Betrachten eines Neugeborenen-Wunders
sich freuen können über eine Kleinigkeit
den Augenblick genießen
positiv denken...

suche das Glück
nicht in der Ferne
es verbirgt sich in dir
in deinem innersten Ich

manchmal musst du fortgehen
und zurückkommen
um es aus der Distanz
und relativiert
sehen
und schätzen zu lernen

manchmal empfindest du erst im Nachhinein
was Glück war
und grämst dich
weil du es nicht rechtzeitig bemerktest

meist jedoch
bist du selbst der Schlüssel zum Glück

Der Weg

Der Weg entsteht im Gehen
Täglich
bringt er dich
ein Stückchen näher
ans Ziel

Selten
führt er dich
auf einer bequemen Hauptstraße
geradeaus

Bergauf und bergab
wird er begleitet
von einem Labyrinth
verschlungener Seitenwege
plötzlich endender Sackgassen
scheinbar auswegloser Irr- und Abwege
langer, steiniger Umwege
und schmaler Pfade

Du hast Mühe
hindurchzufinden
unterwegs
dich zu orientieren
dein gestecktes Ziel
nicht aus den Augen
zu verlieren

Egal
wohin dich das Schicksal
im Leben verschlägt
was du gerade machst
wähle deinen Weg achtsam
den Spuren
der Nächstenliebe
folgend

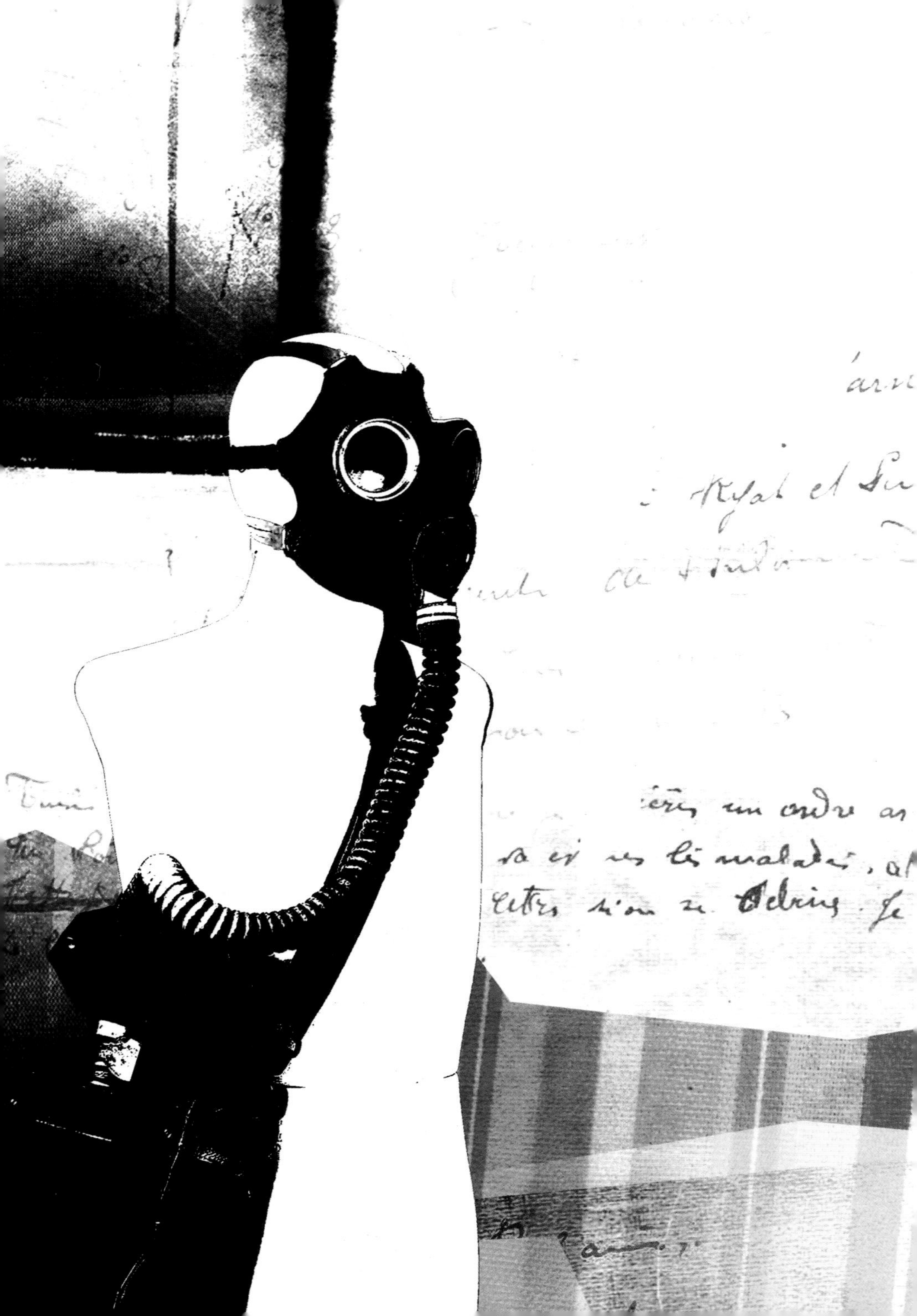

Plötzlich

ist er da
der Infarkt

plötzlich
gerät die Welt
aus den Fugen

plötzlich
findest du dich
am Rande des Abgrunds

plötzlich
kümmern sich viele
um dich

gerade noch rechtzeitig!

Plötzlich
ist sie da

deine zweite Chance
auf Leben

–

Nutze sie!

Friedlich

Milde Sonne
wärmend
nach dem Regenguss

Unbefangenes Lied
des Zilpzalp
die traurige Stille
durchbrechend

Lebensbaum
seitlich des Grabes
in die Vertikale
auf Überirdisches
deutend